LES ÉDITIONS Z'AILÉES
22, rue Ste-Anne C.P. 6033
Ville-Marie (Québec) J9V 2E9
Téléphone : 819-622-1313
Télécopieur : 819-622-1333
www.zailees.com

DIFFUSION ET DISTRIBUTION : MESSAGERIES ADP
2315, rue de la Province
Longueuil (Québec) J4G 1G4
Téléphone : 450-640-1237
Télécopieur : 450-674-6237
www.messageries-adp.com
*filiale du Groupe Sogides inc.,
 filiale du Groupe Livre Québecor Media inc.

Infographie : Impression et Design Grafik
Illustration de la page couverture : Richard Petit
Maquette de la page couverture : Gabrielle Leblanc
Texte : Marilou Addison

Impression : Février 2013
Dépôt légal : 2013
Bibliothèque nationale du Québec
Bibliothèque et Archives du Canada

ISBN : 978-2-923910-48-2
Imprimé au Canada sur papier recyclé.

Les Éditions Z'ailées remercient la SODEC pour l'aide accordée à
leur programme de publication et reconnaissent l'aide financière du
gouvernement du Canada par l'entremise du Fonds du livre du Canada
(FLC) pour leurs activités d'édition.

Gouvernement du Québec — Programme de crédit d'impôt pour
l'édition de livres — Gestion SODEC

SODEC 🏵🏵
Québec 🏵🏵

ZONE FROUSSE

ÉPOUVANTE SUR PELLICULE

MARILOU ADDISON

Pour Karl et Jocelyn

MALCHANCE

Avec entrain, je danse au rythme de la musique jouant dans mon MP3. De très bonne humeur, je dépose sur le comptoir le sandwich que je viens de préparer. Puis j'ouvre la porte du frigo, dans l'espoir de trouver un restant de jus afin de l'apporter dans mon lunch.

C'est qu'aujourd'hui, ça devrait être une super journée !

En effet, Léanne, ma meilleure amie, m'a invitée à aller à la Ronde avec sa mère. Mes parents ont accepté, car en ce début d'été, il n'y a pas grand-chose à faire. Et notre piscine, qui devait être réparée il y a plusieurs semaines déjà, n'est toujours pas prête.

Alors, moi et mon frère, on passe nos journées à nous taper sur les nerfs... Il adore fouiller dans ma chambre. Et il vient toujours m'embêter quand j'invite des amis à la maison ! Ma mère a dû se dire que ça lui ferait du bien un peu de silence dans la maison. Elle est enseignante et elle doit nous « endurer » tout l'été. Mais peu importe les raisons qui l'ont poussée à accepter que j'accompagne Léanne, moi, je suis tout simplement aux anges ! J'adore les manèges, les jeux d'adresse et les montagnes russes. Et ça fait tellement longtemps que je ne suis pas allée à la Ronde.

La mère de mon amie a décidé de nous y emmener pour nous féliciter de notre passage au secondaire. Léanne et moi commencerons l'automne prochain. Ce sera toute une étape, pour nous.

Ce qui est encore plus génial, c'est qu'aujourd'hui nous n'aurons pas les sœurs jumelles de mon amie dans les pattes (Maya et Lili-Rose), car elles sont au camp de jour. Elles n'ont que six ans, mais comme dit Léanne : elles déplacent de l'air ! Non, vraiment, la journée va être FAN-TAS-TI-QUE ! ! ! Je me penche et saisis la boîte de jus sur la tablette du haut, quand un bruit épouvantable me fait sursauter.

– Aïe ! m'exclamé-je, en me cognant la tête contre la porte du frigo.

C'est ce moment que choisit mon frère pour entrer en coup de vent dans la cuisine, l'air penaud. Bon, qu'est-ce qu'il a encore fait, lui ?

– Daf… Euh… je pense que tu

devrais venir jeter un coup d'œil dans le salon. J'ai... renversé ton sac à dos... sans le faire exprès...

– Oh non! Tu ne pouvais pas faire attention, pour une fois? Regarde donc où tu marches!

– Ce n'est pas ma faute! Ton sac traînait dans l'escalier. Je ne l'ai vu qu'à la dernière minute. Ça t'apprendra à ne pas ranger tes choses à la bonne place!

– Mais c'est parce que je pars dans une demi-heure! Mamaaaaaaan! Raphaël a fait tomber mon sac dans l'escalier! Mamaaaaaaan!

Je pousse mon frère et me fraie un passage jusqu'au salon, où ma mère est déjà accroupie par terre. Elle ramasse les objets qui sont éparpillés sur le sol; elle lève la tête dans ma direction, l'air désolé. C'est à ce moment que je remarque qu'elle tient mon appareil photo dans une main, la lunette servant à ajuster le zoom dans l'autre. Ma caméra est brisée… Frustrée, je serre les poings (avec raison), avant de me tourner vers mon imbécile de frère qui m'a suivie. Je le pousse vers le mur.

– Hé ho, un instant, jeune fille! Tu te calmes et tout de suite, réagit aussitôt ma mère, en s'interposant entre moi et Raphaël.

— Ouais, relaxe, Daf, c'est juste un appareil photo !

— Mais il m'a coûté toutes mes économies ! Tu vas m'en acheter un autre ! C'est ta faute, tout ça. J'en avais besoin aujourd'hui, pour aller à la Ronde ! Je voulais essayer la nouvelle lentille et… Tu es vraiment un idiot, Raphaël Sauvé !

Ma mère hausse le ton. Elle ne semble pas tellement impressionnée par ma crise de nerfs. Ça paraît que ce n'est pas elle qui vient de perdre ce qui lui tient le plus à cœur !

– Bon, c'est vrai que c'est la faute de Raphaël si ton sac est tombé par terre, commence-t-elle. Mais c'est aussi ta responsabilité de ne pas laisser traîner tes choses, Daphnée. Donc, je pense qu'il serait plus juste de vous séparer les frais de la réparation.

– Mais maman… murmuré-je, déçue, en retenant mes larmes.

– Avec quel argent ? se contente de répondre Raphaël.

– Eh bien… avec vos économies… et si ça ne suffit pas, vous ferez des petits boulots, cet été, voilà tout. Bon, Raphaël, aide au moins ta sœur à ramasser tout ça. Et je ne veux plus entendre de dispute, c'est clair ?

Je hoche la tête, le dos courbé. Je viens de me rendre compte que je ne pourrai pas prendre une seule photo aujourd'hui. J'en ai pour un bon mois avant de pouvoir recommencer à m'adonner à ma passion. Ma mère semble se rendre compte de ma peine, car elle me fait signe de la suivre, dès que j'aurai terminé de tout ramasser. Je jette un regard noir à mon frère, puis je m'exécute rapidement, avant de monter à l'étage pour la rejoindre.

– Maman ?

Elle n'est pas dans sa chambre ni dans les toilettes, mais la trappe menant au grenier est ouverte et la petite échelle est descendue dans le couloir. Intriguée, je m'empresse de grimper tout là-haut. J'y trouve ma mère, entre deux rangées de boîtes. Elle chasse du mieux qu'elle le peut les toiles d'araignées ayant élu domicile dans la large pièce au plafond bas. C'est que nous utilisons cette pièce seulement pour entreposer des boîtes et des vieux meubles. Les murs ne sont même pas peints et une seule lampe suspendue éclaire faiblement les lieux.

– Ah, Daphnée, te voilà!

s'exclame ma mère en m'apercevant. Je suis certaine de l'avoir vu dans une de ces boîtes... Tu m'aides à chercher?

— Bien... qu'est-ce qu'on cherche, au juste?

— Tu ne le croiras peut-être pas, mais quand j'étais jeune... commence-t-elle. Oui, oui, moi aussi j'ai déjà été jeune, tu sauras, ajoute-t-elle devant mon air sceptique. Donc, comme je le disais, moi aussi j'adorais la photographie. Et ton grand-père m'avait même offert un appareil photo qu'il avait eue d'un ami. Je suis certaine de ne pas l'avoir jetée. Elle doit être rangée quelque part ici… Allez, je te la donne si on la trouve.

Curieuse, je me mets à ouvrir les boîtes autour de nous. Soudain ma mère laisse échapper une exclamation de joie.

– La voici! Regarde, Daphnée, c'est un ancien modèle. Tu dois même faire tourner la manivelle pour qu'elle fonctionne. Oh, ça me rappelle tellement de souvenirs! Je l'ai utilisée durant tout un été. C'était en… 1985. J'avais treize ans. Mais… ton grand-père est décédé à la fin de l'été, justement, et je n'ai plus eu le goût de faire de la photo, par la suite. En tout cas, tiens, je te la donne, en attendant que la tienne soit réparée.

Elle me tend alors le vieil appareil, que je saisis, un peu dépitée. Un violent choc me fait sursauter et je passe près de l'échapper.

– Ça va, Daphnée ? me demande aussitôt ma mère.

– Oui, oui, c'est seulement la statique. Ça m'a fait un peu peur, c'est tout. Mais maman, lui dis-je en tournant la caméra dans tous les sens, je ne sais même pas comment elle fonctionne. Où est-ce que je peux regarder les photos que je prends ?

Ma mère éclate de rire et reprend aussitôt l'appareil, pour me montrer comment l'utiliser.

– Tu ne peux pas, justement. Tu vas devoir les faire développer avant. Ce n'est pas comme les caméras numériques qui existent aujourd'hui. Vous me faites rire, vous les jeunes. À croire que ces technologies ont toujours existé…

Je me renfrogne, mais elle ignore ma frustration et se contente de m'expliquer de quoi il retourne. Bon, au moins, je pourrai prendre des photos aujourd'hui. Léanne va sûrement se demander ce que je fais avec cet appareil photo-dinosaure, mais c'est mieux que rien. Je descends du grenier en compagnie de ma mère, qui me souhaite de passer une belle journée. Une voiture klaxonne déjà à l'avant de la maison. Ce doit être Léanne. J'attrape mon sac à dos, j'y glisse la vieille caméra de ma mère et je sors en trombe de la maison, sans saluer mon frère, écrasé devant la télévision.

SENSATION ÉTRANGE

En file devant le comptoir de la pharmacie depuis un bon cinq minutes (c'est déjà cinq minutes de trop !), je retiens de peine et de misère un long soupir. Je me contente de faire les gros yeux à la dame, devant moi, qui a décidé de remettre le montant exact à la caissière et qui gaspille un temps fou à chercher sa monnaie dans son portefeuille.

Vite !!! Allez, on se dépêche, quoi !

J'ai vraiment hâte de voir nos photos de la semaine dernière, à la Ronde. Léanne et moi y avons eu tellement de plaisir ! Et j'ai pris des tonnes de photos : Léanne, la tête en bas dans le Train de la mort; Léanne, la bouche pleine de barbe à papa; moi et Léanne, nous faisant une accolade (cette fois-là, c'est la mère de mon amie qui nous a photographiées); la mère de Léanne qui nous fait une grimace. Et une trentaine d'autres...

J'ai rapidement compris le fonctionnement de l'appareil

photo de mon aïeul, ce qui m'a permis d'essayer des tas de trucs inusités, que je ne peux pas faire avec ma caméra numérique. Quand je serai une photographe professionnelle, je compte bien exploiter ce côté artiste qui est en moi et qui ne demande qu'à s'exprimer !

Mais pour l'instant, ce n'est pas à mon avenir professionnel que je pense. Je me demande plutôt dans combien de temps je pourrai enfin admirer mes photos ! Enfin, la caissière tend la facture à la cliente qui est devant moi. Je me dépêche d'avancer et de tendre mon petit papier à l'employée. Elle ouvre un tiroir en bas de la caisse et y cherche mon enveloppe, qu'elle sort finalement, après de trop longues secondes… Je saute dessus, excitée.

– Ça fera 19,45 $, s'il te plaît, me dit la caissière, ce qui me fait tressaillir.

Wow, c'est cher ! Une chance que j'ai été patiente et que j'ai accepté d'attendre quelques jours avant que les photos ne soient prêtes, car pour un développement immédiat, c'est le double du prix ! Un peu dépitée, je sors un vingt dollars de mon porte-monnaie, en me disant que j'aurais pu mettre cet argent de côté pour faire réparer ma propre caméra... Mais en ce moment, j'ai beaucoup trop hâte de jeter un coup d'œil à mes photos pour me mettre à épargner... Avec tout de même un peu de remords, je colle l'enveloppe tout contre moi, comme pour me convaincre que je fais une bonne chose, avant de quitter le magasin d'un pas pressé.

À l'extérieur, je déniche rapidement un banc de parc, sur lequel je pourrai examiner le résultat de cette journée à la Ronde. C'est vrai que j'ai promis à Léanne de l'attendre pour regarder les photos, mais elle ne pouvait pas venir avec moi aujourd'hui, car elle doit garder ses petites sœurs. J'ouvre donc fébrilement l'enveloppe et en sors une trentaine de clichés, que j'ai pris soin de faire imprimer en double. J'ai au moins une soixantaine de photos entre les mains.

Je les passe hâtivement sous mon œil d'experte, pour finalement me rendre compte que le résultat final est loin d'être ce à quoi je m'attendais. La plupart sont floues et sur certaines, le soleil est trop éclatant pour que les visages apparaissent clairement. Heureusement, il y en a tout de même une dizaine de potables. Certaines sont même très réussies. Je remets aussitôt dans l'enveloppe les photos ratées, pour m'intéresser à celles qui restent.

En les observant avec attention, un sentiment de malaise m'envahit, sans que j'arrive à bien comprendre pourquoi je me sens si bizarre. J'ai les mains moites et mon cœur se met à battre plus vite. Pourquoi suis-je si énervée, voyons ? Pour me calmer, je pose les clichés sur le banc, à mes côtés, et ferme les yeux un instant. Autour de moi, l'air chaud de l'été me caresse le visage et m'apaise peu à peu.

Mon trouble semble être passé. Soulagée, j'ouvre les yeux et je reprends les clichés que j'ai déposés afin de les contempler de nouveau. J'ai alors à nouveau l'impression d'avoir des sueurs froides. Je frissonne malgré la température particulièrement chaude de la journée. Mais qu'est-ce qui se passe avec moi ? Est-ce que je suis malade ? Pourtant, cette fois, je n'arrive pas à détourner le regard des photos que je tourne l'une après l'autre dans mes mains. J'ai le sentiment étrange d'être hypnotisée par une ombre, que je viens d'apercevoir, sur plusieurs clichés.

Lentement… très lentement, j'approche une photo de mon visage, pour essayer de sonder encore plus en profondeur l'image que je vois. Mais à mesure que la distance entre moi et la photo diminue, un vertige me prend. La sensation est si forte, en fait, que j'en ai presque mal au cœur. Et au moment où je m'apprête à...

DRIIIIINNNG ! DRIIIIIIINNNG !

La sonnerie de mon cellulaire me fait sursauter violemment. Je lâche malgré moi le cliché, qui tombe par terre, dans une grosse flaque d'eau. Mon malaise disparaît aussitôt et je retrouve rapidement mon état normal.

Qui est-ce qui me dérange?! Je plonge la main dans mon sac à dos, rempli d'un tas de trucs, dont le vieil appareil photo de ma mère (que je traîne partout où je vais, désormais), pour en sortir mon téléphone, qui continue de vibrer. Lorsque j'appuie sur le bouton et que je colle mon cellulaire sur mon oreille, la voix de mon amie Léanne hurle presque dans mes tympans.

— Daf! Ma mère vient d'avoir un horrible accident! Elle est à l'hôpital! Je ne sais pas dans quel état. Oh, s'il te plaît, il faut que tu viennes me rejoindre tout de suite. Je capote trop, là !

– Hein ? Quoi ? Tu n'es pas sérieuse ! Quel genre d'accident elle a eu ?

– C'est vraiment un truc de fou, crois-moi ! s'écrie-t-elle. Elle était dans un ascenseur, dans le bureau du dentiste, et l'ascenseur s'est arrêté brusquement. Puis il s'est mis à tomber ! De deux étages, tu imagines ? Ça aurait pu être bien pire ! Là, je suis sans nouvelles depuis un petit bout de temps et j'attends que papa me rappelle. Tu es où, là ? me demande-t-elle, le souffle court.

— Pas très loin. C'est réellement une drôle d'histoire, comme tu dis. Bon, je vais être chez toi dans…

Je jette un coup d'œil à l'heure affichée sur mon cellulaire, avant de terminer.

— Laisse-moi dix minutes et je suis là, d'accord ? Mais… pourquoi tu ne vas pas à l'hôpital, voir ta mère ?

— Il faut que je garde mes sœurs. Papa est avec elle. Il m'a appelée il y a cinq minutes. Mais je ne veux pas rester toute seule. J'aimerais mieux que tu viennes me changer les idées.

— Je comprends, c'est sûr. Bon, attends-moi, ce ne sera pas long.

Je raccroche aussitôt, avant d'appeler ma mère. Je lui explique la situation et elle me permet d'aller rejoindre mon amie, même si c'est bientôt l'heure du souper. Pauvre Léanne ! Sa mère est si gentille. Ce n'est vraiment pas de chance ! Mais je croise les doigts, en espérant qu'elle s'en sorte avec seulement quelques ecchymoses.

Je me penche pour ramasser la photo que j'ai échappée par terre. Je l'essuie rapidement sur mon gilet et je la glisse dans l'enveloppe avec les autres clichés que j'ai laissés sur le banc, avant de partir au pas de course vers la maison de mon amie. Tout ce que j'espère pour le moment, c'est que j'arriverai à la rassurer…

L'ACCIDENT

Mon amie vient de déposer le combiné du téléphone. La discussion qu'elle vient d'avoir avec son père semble l'avoir soulagée. Rapidement, je lui demande des nouvelles de sa mère.

— Et puis, est-ce qu'elle va être correcte ?

— Je pense que oui, répond-elle simplement. En tout cas,

elle vient de se réveiller. Elle ne se rappelle pas des détails de l'accident, mais au moins, elle va mieux, selon papa.

– Ouf… Est-ce qu'elle va revenir bientôt à la maison ?

– Je ne pense pas, non. Elle a encore des examens à passer. Une chance que l'ascenseur n'était qu'au deuxième étage. Pauvre maman, elle était toute seule quand c'est arrivé. Elle a dû paniquer ! Déjà qu'elle a toujours eu peur de prendre les ascenseurs. Papa dit que maman va rester quelques jours à l'hôpital. Oh, Daf, j'ai eu si peur !

Elle me saute dans les bras, les larmes aux yeux. Pour lui changer les idées, je me dégage et je fais un clin d'œil à ses sœurs jumelles, avant de prendre mon appareil photo.

— Bon, puisqu'on vient d'avoir des bonnes nouvelles, lancé-je, on va essayer de ne plus penser au pire et de s'amuser un peu. Les filles, dis-je en regardant les deux fillettes, ça vous tente de jouer aux mannequins ?

Elles hochent immédiatement la tête, avant de prendre des poses diverses, ce qui fait bien rire Léanne. Après une dizaine de clichés, je me rends compte qu'il est plus que l'heure pour moi de rentrer à la maison. Sinon, ma mère va commencer à s'inquiéter. En disant au revoir à mon amie et à ses sœurs, j'oublie de montrer à Léanne les photos que nous avons prises lors de notre journée à la Ronde.

Ce n'est qu'à un coin de rue de chez moi que j'y repense. Je n'ose pas rebrousser chemin pour aller lui donner les doubles des photos, me disant que Léanne doit déjà être occupée à préparer le souper. À la place, j'irai faire développer les photos de ses petites sœurs dès demain afin de pouvoir leur donner. Ça coûte cher, mais ça va tellement leur faire plaisir !

C'est à ce moment que je me rappelle du sentiment de malaise qui m'a envahie, un peu plus tôt aujourd'hui. Je ne sais pas trop ce qui s'est passé, car je vais très bien maintenant. Peut-être que je devrais en parler à maman et aller voir le médecin ? Ou peut-être que ce n'est rien du tout, que je n'ai ressenti qu'un peu de fatigue. Il faut dire qu'il a fait si chaud, ces derniers temps, que je n'ai sûrement eu qu'un simple coup de chaleur. À l'avenir, je trimballerai une bouteille d'eau sur moi pour éviter que ça se reproduise.

Je pousse la porte de chez moi de meilleure humeur. Je croise ma mère dans la cuisine, qui me demande comment se porte la mère de Léanne.

– Elle semble aller mieux. Selon les médecins, elle va pouvoir sortir de l'hôpital après-demain. Je pense qu'elle l'a vraiment échappé belle. Est-ce que ça arrive souvent, ce genre de truc, maman ? Elle aurait pu mourir. Tu imagines ? C'est fou, tout ça...

– Ah, ma grande, la vie ne tient parfois qu'à un fil ! Je suis bien placée pour le savoir... se contente-t-elle de me répondre.

Je la questionne aussitôt, intriguée par son ton nostalgique.

– Pourquoi tu dis ça, maman ?

Elle hésite un peu avant de m'expliquer :

– Eh bien... Mon père, ton grand-père, est mort lorsque j'avais ton âge, environ. Un terrible... accident...

À ce moment, mon frère arrive en trombe dans la cuisine, coupant la parole à ma mère pour lui demander ce qu'on mange.

Elle soupire et s'essuie les mains sur le tablier qu'elle a noué autour de sa taille, avant de lui répondre.

— Le souper est presque prêt, tu verras bien. Vous m'aidez à mettre la table, les enfants ?

— Pas de problème, je m'en occupe, maman, dis-je, tandis que Raphaël se contente de râler et de s'éclipser dans le salon.

Je me dépêche d'installer une nappe sur la table et de mettre les couverts, avant de m'asseoir à ma place habituelle. Mon regard se pose sur mon sac à dos, que j'ai posé dans un coin de la pièce. Un détail me revient en mémoire. Malgré moi, je me relève et vais fouiller dans mon sac, à la recherche du cliché que j'ai regardé très attentivement, sur le banc du parc. Les mains tremblantes, je parviens enfin à le retrouver. Cette fois, ce n'est pas qu'un simple malaise qui me prend tout entière.

Je recule et m'accote dos au mur, derrière moi, pour ne pas tomber par terre, tellement j'ai les jambes flageolantes. En détaillant la photo, je me dis que c'est tout simplement impossible. Ça ne peut pas être vrai. Et ça n'a aucun sens. Mais une partie de moi semble au contraire convaincue du réel de la chose.

Ma mère se tourne vers moi et me fixe, me faisant sortir de ma torpeur. Elle remarque mon air désemparé, tandis que je lui tends le cliché que je tiens toujours entre les mains. Inquiète, elle s'en saisit pour le regarder. Puis son regard remonte vers moi.

– Eh bien… ma grande, qu'est-ce que tu as ? Je ne comprends pas ! C'est une photo de la mère de Léanne. Ça te met vraiment dans tous tes états, cette histoire, hein ?

– Non, ce n'est pas ça, maman. Tu… tu ne vois pas ? Là ! crié-je, presque hystérique, en pointant une ombre dans le coin droit de la photo, tout près de la mère de Léanne.

— Mais Daphnée, la photo est tellement sale. Tu l'as échappée par terre ? Qu'est-ce que je devrais voir, selon toi ?

— L'homme, là, avec une moustache ! Tu ne le vois pas ? Il est juste derrière la mère de Léanne ! On... on dirait qu'il la regarde avec... avec colère ! Tu ne trouves pas ?

— Voyons, Daphnée, c'est à peine si on remarque son visage. D'ailleurs, qu'est-ce qui te fait dire que c'est un homme ? Sa silhouette est tout embrouillée et en plus, je ne sais pas où cette photo a traîné, mais elle est très encrassée. De toute manière, c'est normal qu'il y ait d'autres personnes sur la photo, vous étiez à la Ronde ! Non, vraiment, je ne vois rien du tout d'anormal. Bon, laisse tomber cette histoire. Je vais servir les assiettes, tu m'aides ? Il faudrait dire à ton frère de sortir de sa cachette et de venir s'asseoir avec nous.

D'un geste tranquille, elle me remet la photo, que je saisis d'une main tremblotante, encore sous le choc. Ma mère quitte la pièce, alors que mes yeux ne peuvent se détacher du regard hargneux de l'homme qui, j'en suis certaine, fixe la mère de mon amie. Son visage est flou, c'est vrai. À peine une ombre. Mais tout de même… Il est si grand, si sombre. Et en même temps, on peut presque voir à travers lui. Un malaise m'envahit dès que je le regarde. Comme un mauvais pressentiment. Cet inconnu lui a-t-il fait du mal ? La connaissait-il ? Est-ce lui qui a causé son accident ?

Voyons, mes pensées n'ont aucun sens ! Pourtant… Bon, ça suffit ! Ma mère a sûrement raison ! Après tout, pourquoi un homme voudrait-il du mal à la mère de Léanne ? Plus je regarde la photo, plus je me convaincs qu'il n'y a qu'une simple tache sur celle-ci.

L'INCONNU

Je me réveille en sursaut dans mon lit, toute en sueur, le souffle court. Voyons, qu'est-ce qui m'arrive, encore ? J'ai l'impression de faire de la fièvre. On dirait que la tête va m'exploser... Je repousse mes couvertures et jette un coup d'œil à mon réveille-matin.

Sept heures moins quart.

C'est un peu tôt pour se lever. Nous sommes dimanche et mes

parents vont sûrement vouloir profiter de leur matinée pour flâner au lit. Mais moi, j'ai d'autres plans, et ce n'est pas un peu de fatigue et un mal de tête carabiné qui vont m'empêcher de les réaliser. Je file donc à la salle de bain, bien décidée à avaler deux comprimés afin de faire disparaître ce mal de tête, avant d'appeler Léanne. Avec sa mère à l'hôpital, elle n'a pas dû passer une très bonne nuit, elle non plus.

Après m'être vaguement peignée, puis habillée en vitesse, je laisse un mot pour mes parents sur la table de la cuisine, avant de me faufiler à l'extérieur, mon sac à dos sur l'épaule. En ce matin d'été, le soleil est déjà levé, et une humidité presque suffocante m'indique que ce sera une autre journée à se plaindre de l'état de ma piscine ! Par chance, Léanne en a une chez elle, ce qui devrait nous soulager une partie de la matinée.

Comme les magasins ne sont pas encore ouverts, je me dis que je passerai à la pharmacie après le dîner pour faire développer mes dernières photos. Quelques minutes plus tard, j'arrive enfin chez mon amie. L'auto de ses parents n'est pas là. Son père doit encore être à l'hôpital. Les fenêtres de la maison sont ouvertes et je peux entendre sans peine les cris des jumelles, qui se chamaillent déjà.

Je sonne un coup. Après quelques secondes, la porte s'ouvre sur le visage tout barbouillé de l'une des deux petites, qui tient une poupée sous son bras.

– Maaaayaaaaa ! N'ouvre pas la porte toute seule, lui crie Léanne à travers la pièce.

Mon amie arrive aussitôt, essoufflée. Elle me sourit avec soulagement en me reconnaissant.

– Oh, Daf ! s'exclame-t-elle. C'est toi ! Entre, tu vas pouvoir m'aider. Là, j'en ai plein les bras, comme tu peux le voir, ajoute-t-elle en désignant les mains et la bouche de Maya, d'une couleur douteuse.

— Elle voulait faire de la peinture. Je n'ai pas pensé que… lâche Léanne, en haussant les épaules de découragement. Bon, là, il faut que je retrouve Lili-Rose. Elle a décidé de jouer à la cachette…

Pauvre Léanne. Elle a l'air complètement à bout ! Comme je me l'étais promis, je décide d'aider mon amie durant tout l'avant-midi. Avec moi, les fillettes n'ont pas le temps de s'ennuyer. Les activités se succèdent à un rythme d'enfer :

baignade, cachette, photo, défilé de mode, peinture, pâte à modeler, et j'en passe… Quand arrive enfin l'heure du dîner, je propose à Léanne d'emmener ses sœurs avec moi à la pharmacie pour faire développer les dernières photos. Pendant ce temps, mon amie pourra s'occuper de la préparation du dîner tout en se reposant des filles.

Il faut dire que j'ai le tour avec les enfants. J'ai souvent gardé mon petit voisin pour gagner de l'argent de poche. Et les sœurs de Léanne sont si mignonnes. Si elles ne se ressemblaient pas tant, ce serait plus facile ! Tout en gambadant jusqu'au magasin, main dans la main, je repense à l'inconnu sur les photos. C'est justement ce moment que choisit mon mal de tête pour revenir en force. On dirait qu'un marteau me cogne sur le dessus du crâne sans relâche. En massant mes tempes d'une main, je me dis que je demanderai des comprimés à Léanne dès mon retour.

Devant la caissière, je dépose le petit rouleau sur lequel se trouvent mes dernières photos et lui indique que je voudrais les faire développer immédiatement. C'est un peu plus cher, mais ça en vaut la peine. Avec tout ce qui arrive à leur mère, les fillettes seront contentes de pouvoir admirer tout de suite leurs photos. Nous attendons une dizaine de minutes en défilant dans les allées de la pharmacie, lorsque la caissière me fait signe que mes photos sont enfin prêtes. Je lui tends l'argent demandé (Aouch ! Un autre trou dans mon budget !), avant d'entraîner Maya et Lili-Rose dehors où nous pourrons regarder les clichés tout en retournant chez elles.

— Wow, tu as vu ton visage, là-dessus ! s'exclame aussitôt Maya, en parlant à sa sœur. Tu fais une drôle de grimace !

— Pfff ! Tu ne t'es pas vue, toi ?

Tu as les yeux tout croches !

– Bon, ça suffit, les filles ! Si vous commencez à vous disputer, je vous enlève les photos, c'est clair ? Vous êtes toutes les deux très jolies, d'accord ?

Les jumelles hochent la tête, repentantes, avant de continuer à s'admirer le portrait. Perdue dans mes pensées (je ne peux m'empêcher de songer à la mère de mon amie, qui sortira de l'hôpital sous peu), je les entends vaguement faire des commentaires sur leur *look* et sur leurs poses. Mais une question de Lili-Rose me fait revenir sur terre.

– C'est qui, Daphnée, le monsieur dans la fenêtre qui nous regarde ? Il a l'air fâché...

– C'est vrai. Il me fait peur, à moi, lâche Maya en serrant un peu plus fort la poupée qu'elle tient sous son bras.

– Hein ? Quel monsieur ? Montrez-moi ça !

Tout en continuant d'avancer, je saisis la photo et l'approche de mon visage. Une goutte de sueur coule sur ma tempe, mais ça n'a rien à voir avec la chaleur. Je frissonne de la tête aux pieds. Un homme, flou, encore une fois, est posté dans la fenêtre de la cuisine, là où nous avons pris les photos hier après-midi. Il fixe Maya, les sourcils froncés. On peut lire une hargne féroce dans ses yeux. Mon Dieu ! Mais qui est cet homme ? Est-ce le même qui nous a suivies, à la Ronde ?

Encore sous le choc, je lève les yeux vers les fillettes. Je me rends alors compte que Maya n'est plus à mes côtés. Elle se tient en plein milieu de la rue, derrière nous; elle est en train de ramasser sa poupée, qui lui a glissé des mains. Un klaxon résonne dans mes oreilles et le pire se produit devant moi. Une voiture fait une embardée et accroche au passage

Maya, lui faisant faire un vol plané de quelques mètres. Je me mets aussitôt à hurler de terreur.

– Nooooooooooooooooooooon !!!

Mais je reste figée sur place. Mon corps est rigide comme celui d'une statue. Maya! La pauvre petite est couchée sur le sol. Elle semble inanimée. Faites qu'elle ne soit pas morte! Une dame s'approche d'elle et la touche.

– Elle est en vie ! Vite, quelqu'un, appelez une ambulance ! crie celle-ci en regardant autour d'elle.

C'est seulement à ce moment que je peux respirer de nouveau.

Je saisis la main de Lili-Rose et je cours m'accroupir aux côtés de la fillette en fouillant dans mon sac à dos, à la recherche de mon cellulaire. Après avoir discuté avec la réceptionniste, je me tourne vers la sœur de ma meilleure amie, le visage baigné de larmes, en espérant que l'ambulance ne tardera pas trop et que Maya va s'en sortir. Tandis qu'une partie de moi est inquiète, une autre est morte de peur. Je ne peux m'empêcher de me demander qui est cet homme qui hante la photo de Maya et celle de sa mère...

L'OMBRE DU PASSÉ

D'un geste rageur, j'ouvre le dernier tiroir de ma commode et j'y enfouis tout au fond l'appareil photo de ma mère. J'ai de la difficulté à retenir mes larmes quand je pense à la petite Maya. Elle est présentement aux soins intensifs et, bien qu'elle soit désormais hors de danger, la fillette doit rester en observation. Mère et fille se sont retrouvées à l'hôpital, et ce, à une journée d'intervalle. Ça ne peut pas être une simple coïncidence... Mais il faut dire que ça aurait pu être bien pire ! Toutes les deux, elles auraient pu carrément mourir !

Je ne veux pas rejeter la faute sur quelqu'un d'autre, mais je suis certaine que l'appareil photo de ma mère y est pour quelque chose. Alors, il n'est tout simplement plus question que je prenne qui que ce soit en photo. Je ne sais pas si mon impression est juste, mais j'en suis arrivée à croire que cette vieille caméra est la cause de tous les malheurs qui surviennent autour de moi. On dirait qu'elle attire les catastrophes ! Bon, j'ai peut-être un peu trop d'imagination, mais je préfère ne pas prendre de risques.

Finies, les photos, et ce, jusqu'à ce que ma caméra numérique soit réparée. Ouais… Ça peut vouloir dire un bon bout de temps… Mais peu importe, la vie de mes amis et de ma famille est trop importante pour que je joue avec. D'un autre côté, cet inconnu que j'ai cru apercevoir sur les clichés est peut-être bien réel… Comment savoir ? Et le regard qu'il porte sur les gens me donne des frissons. On dirait presque qu'il veut leur mort…

Puis une idée me vient. Je vais

demander à ma mère d'où lui vient son appareil photo ! Je vais aussi essayer de savoir si elle a aussi vécu des événements semblables, lorsqu'elle l'utilisait. D'un autre côté, je sais qu'elle ne veut jamais parler de sa jeunesse en détail. Comme si ça lui rappelait de trop mauvais souvenirs.

Mais je n'ai pas le choix, je dois aller la voir !

D'un bond, je descends rapidement au rez-de-chaussée. Ma mère est assise à son ordinateur, dans le salon.

– Euh… Maman ? Est-ce que je pourrais te parler ?

Elle me répond, sans prendre la peine de se tourner vers moi.

— Vas-y, je t'écoute.

— Bien... Je... voulais te parler de l'appareil photo que tu m'as prêté... Où est-ce que tu l'as acheté ?

— Je te l'ai déjà dit... répond-elle. C'est ton grand-père qui me l'avait offert... Pourquoi ? s'informe-t-elle en continuant de fixer l'écran de son ordinateur.

— Je ne sais pas trop... Il... il prend de drôles de photos...

— Évidemment, si tu le compares aux photos que tu peux

prendre avec ta propre caméra, l'image doit être un peu moins nette. Mais je me souviens que les photos que je prenais à l'époque étaient tout de même assez réussies. Sauf peut-être quelques-unes, sur lesquelles on pouvait toujours voir des tas d'ombres floues… Tiens, un peu comme sur tes propres clichés. Peut-être que la lentille devrait être changée.

Je sursaute, sous le choc de ce qu'elle vient de dire.

– Tu… tu les as encore, ces photos ?

Intriguée, elle se tourne enfin vers moi, en se demandant

visiblement pourquoi je lui pose toutes ces questions.

– Eh bien… Je crois que oui. Il doit y avoir une boîte, au grenier, avec les clichés de l'époque. Mais ce sont de vieilles photos un peu jaunies, sans grand intérêt, tu sais.

– Ce n'est pas grave, j'aimerais vraiment les voir !

– D'accord, acquiesce-t-elle, en haussant les épaules. Tu les trouveras là-haut. Si jamais tu vois quelque chose d'intéressant, tu viendras me le montrer.

Je hoche la tête avant de

filer, direction le grenier. La part rationnelle de mon cerveau essaie de se convaincre que je suis dans le champ, que je m'en fais vraiment pour rien et que j'ai beaucoup trop d'imagination. Mais une autre, beaucoup plus impressionnable, se dit que rien n'est joué. Qu'un être démoniaque s'est emparé de l'appareil photo de ma mère et qu'il m'utilise pour faire le mal autour de moi...

Arrivée au deuxième étage, je fais glisser une petite échelle, puis j'ouvre la trappe qui mène au grenier. Là-haut, la pièce est sombre et parsemée de toiles d'araignées et de poussière.

J'éternue un coup ou deux, avant de me mettre à fouiller les lieux. Comme je n'y vois pas grand-chose, je cherche du bout des doigts une lampe que je pourrais allumer. Je me cogne à quelques reprises contre des boîtes qui jonchent le sol. Finalement, quelque chose me chatouille le front. En voulant me débarrasser de cette sensation désagréable, je tire sur une cordelette. Une lumière vacillante éclaire aussitôt les lieux.

Des ombres se projettent sur les murs, me donnant des frissons malgré moi. Je commence à ouvrir quelques boîtes, au hasard, puis je me souviens que ma mère a trouvé l'appareil photo dans une boîte imposante, vers la droite. Je devrais plutôt aller jeter un coup d'œil dans ce coin-là.

En me dirigeant vers cet endroit, je bute contre un carton tout petit, dont le contenu se déverse par terre.

– Aouch !

Je me suis cogné la jambe. J'aurai certainement un bleu d'ici la fin de la journée. En me massant le tibia, je pose le regard sur toute la paperasse qui est éparpillée sur le sol, pour finalement me rendre compte qu'il s'agit de plusieurs photos passablement jaunies. Certaines sont déchirées, tandis que d'autres semblent intactes. Je les saisis aussitôt, afin de les examiner. Mes mains tremblent, alors que j'approche les photos de mon visage. Mais ce que j'y trouve me déçoit, car ce ne sont que des paysages. Des fleurs, des champs, des arbres... Rien de bien excitant, quoi.

Je retourne un cliché derrière lequel je déchiffre une année : 1985. C'est pourtant durant cet été-là que ma mère a reçu le vieil appareil photo. Peut-être que je me suis trompée, après tout. Toute cette histoire est tellement insensée ! Je repose la photo par terre, à côté des autres, pour me rendre compte que la boîte, inclinée sur le côté, n'est pas vide. Une petite enveloppe est restée à l'intérieur. Je la prends d'un geste vif, dans le but de découvrir son contenu.

Mon cœur bat la chamade. L'impression de vertige me reprend. J'ai un très très mauvais pressentiment, tout à coup. L'air arrive difficilement à mes poumons, mais je persiste. Je dois savoir. Ma main tremble quand je sors quelques clichés de l'enveloppe. Sur ceux-ci, l'image n'est pas nette. Sur les deux premiers, il y a un adolescent, puis un homme, dont le visage me semble familier, mais sans plus. Sur la troisième photo, je crois apercevoir le visage de mon grand-père, que je n'ai pas eu la chance de connaître, mais dont j'ai souvent vu des portraits.

Et derrière chacune de ces personnes...

Ce même regard sombre. Ces yeux enragés. Ce visage colérique. Cette ombre un peu floue, qui pourrait passer pour une simple tache dans la photo, mais que je reconnais pour l'avoir vue à plusieurs reprises déjà. Sur les deux premiers clichés, l'ombre se trouve à bonne distance de celui qui est pris en photo. Mais sur celui montrant mon grand-père, l'inconnu se tient tout près de ce dernier. On dirait même qu'il lui souffle un mot à l'oreille. Je devine à son expression que mon grand-père ne l'entend pas. Il ne sait pas qu'une silhouette fantomatique semble lui en vouloir à mort...

Est-ce la voix de la Faucheuse, qui lui murmurait ainsi l'heure de son trépas ?

La lampe grésille un instant, puis elle s'éteint, m'abandonnant dans le noir le plus total. Oh non !

Je détecte un mouvement derrière moi. Un simple râle s'échappe de mes poumons. Je dois me calmer. Je dois me contrôler. J'y arrive de peine et de misère, lorsqu'une voix résonne, à l'autre bout de la pièce...

L'ŒIL DE LA VENGEANCE

— Daphnée, ça va là-haut ? Est-ce que tu as trouvé des choses intéressantes ? Dis-moi, pourquoi as-tu fermé la lumière ?

Mon énervement retombe aussitôt, lorsque je reconnais la voix de ma mère, qui tente de venir me rejoindre.

— Maman, je suis ici. Je crois que l'ampoule est grillée. Viens, s'il te plaît.

Je l'entends qui se fraie un chemin entre les boîtes. Puis son visage apparaît tout près de moi, éclairé faiblement par une lampe de poche, qu'elle a pensé à apporter par je ne sais quel miracle. Elle s'accroupit à mes côtés.

– Oh! s'exclame-t-elle. Je vois que tu as trouvé ces vieux clichés un peu flous. Ils ne sont pas très réussis, n'est-ce pas ? Je ne sais pas pourquoi je les ai gardés. Sûrement parce qu'on y voit ton grand-père. Ce fut son dernier été parmi nous… lâche-t-elle dans un souffle. Là, dit-elle en pointant l'autre photo, c'est mon frère Jocelyn. Tu ne l'as pas vu très souvent, c'est pour ça que tu n'as pas dû le reconnaître. À peine une semaine après la prise de cette photo, il s'est cassé la jambe en tombant de vélo. Pauvre Jo, il a passé un été vraiment ennuyant, avec un plâtre, sans pouvoir se baigner…

– Ah… Et lui, qui c'est ?

Ma mère saisit aussitôt l'autre photo et se met à sourire, en se rappelant de bons souvenirs, j'imagine.

– Voici mon oncle Germain. Il était vraiment comique. Il adorait faire des grimaces et des pitreries. C'est la raison pour laquelle je l'avais photographié. Mais c'est bien la seule fois où je l'ai vu garder son sérieux. Il a eu un grave accident, le lendemain de cette photo. Il a été frappé par un autobus. Il est resté dans le coma durant de longues semaines. Après, il n'a plus jamais été le même… Je crois qu'il a déménagé dans les Laurentides où il vit seul, en ermite.

— Et… là, c'est grand-papa, c'est ça ?

Son regard se pose sur la dernière photo. Ma mère reste silencieuse. Elle a perdu son sourire.

– Maman… Je sais que ça te rend triste, mais… j'aimerais savoir comment il est mort, grand-papa…

Elle me regarde un long moment avant de soupirer et de prendre la parole.

– Oui, tu as raison. Tu es assez vieille, désormais, pour entendre cette triste histoire. Lorsque nous étions petits, moi et mon frère Jocelyn, nous allions passer l'été au lac Maskinongé, où nous nous baignions presque tout le temps. Papa et maman avaient de la famille là-bas. L'endroit où nous allions nager était très sécuritaire et sans danger pour nous, mais...

– Mais quoi ?

– Eh bien... voilà... Lors d'une journée où il pleuvait, moi et ton oncle Jo, qui avait son plâtre à ce moment-là, nous nous amusions à prendre des photos d'un peu n'importe quoi. C'était vraiment ennuyant et ton grand-père, qui voulait nous faire plaisir, est venu jouer avec nous. Je l'ai pris en photo. Après ça, Jocelyn est allé écouter la télé et moi... Moi, j'ai proposé à papa d'aller se baigner, sous la pluie. Il a tout de suite accepté. C'était un bon nageur et avec lui, j'étais en sécurité.

Enfin... c'est ce que je croyais. Nous sommes donc allés dans le lac. Je ne sais pas ce qui s'est passé, mais alors que nous nous arrosions l'un l'autre, papa a été comme aspiré, par le fond du lac, dans un énorme tourbillon. Il n'a jamais été capable d'atteindre la rive. Moi, j'étais plus près du bord, alors j'ai pu sortir, mais... pas lui. Je ne l'ai plus jamais revu, par la suite. Les plongeurs ont cherché son corps durant de longues semaines, mais rien à faire. Il avait disparu... Pour toujours...

Ma mère éclate alors en sanglots. Pour la consoler, je la prends dans mes bras, honteuse de l'avoir forcée à raconter toute cette histoire. Mais j'ai encore des questions à lui poser. Je commence à voir clair dans ce qui s'est passé, mais il me manque toujours un élément, pourtant important. D'où peut bien provenir cette satanée caméra ?! Je me dégage avant de lui demander :

– Maman, j'ai une dernière question.

Ma mère essuie ses larmes en me souriant gentiment.

– Oui, Daphnée, qu'est-ce que tu aimerais savoir ?

– Eh bien… Est-ce que tu sais

où grand-papa avait acheté cet appareil photo ?

– En fait, il ne l'a pas acheté. Il en a hérité.

– Hérité ? Qu'est-ce que tu veux dire ?

– Tu savais que ton grand-père travaillait sur les chantiers de construction, n'est-ce pas ?

Je hoche la tête, me demandant où elle veut en venir.

– Durant un de ses contrats, il a travaillé avec un certain Rémi Auger. Un homme que ma mère n'aimait pas beaucoup. Elle disait de lui qu'il était souvent colérique, et elle croyait même qu'il battait sa femme. Mais d'après mon père, Rémi était un bon travailleur sur le chantier. Tous les deux dînaient souvent ensemble. Bref, à cette époque, les ouvriers ne s'attachaient pas comme aujourd'hui, quand ils montaient sur des échafauds. Il y avait souvent des accidents. Donc, ce qui devait arriver arriva. Ton grand-père et cet homme travaillaient sur une de ces échelles pas très solides, lorsque Rémi a perdu pied. Il a réussi à se retenir d'une main, durant quelques secondes, mais papa n'a jamais été capable de le rejoindre à temps pour le sauver. Rémi est tombé sur le sol, où il s'est cassé le cou. Papa n'en a pas parlé souvent, mais quelques fois, je l'ai entendu dire que le regard de son ami, tombant dans le vide, le suivrait jusqu'à la fin de ses jours. Un regard sombre, hargneux... désespéré. Pauvre papa, il n'a pas eu une vie facile...

– Mais... et l'appareil photo, dans tout ça ?

– Je l'avais presque oublié celui-là... Rémi faisait beaucoup de photos et parfois, il en parlait avec ton grand-père, qui s'intéressait aussi un peu à la photographie.

Lorsque nous sommes allés à l'enterrement de cet homme, sa veuve a fait cadeau de l'appareil à papa. Elle voulait se débarrasser de tout ce qui avait appartenu à son défunt mari. Pour faire son deuil, j'imagine. Pourquoi tu t'intéresses tellement à l'origine de cette caméra, Daphnée ?

– Oh, pour rien. Comme ça… Je peux te demander encore quelque chose ?

– Bien sûr. Quoi ?

– Cet homme, ce Rémi, est-ce qu'il portait une moustache ?

– Tiens, c'est drôle que tu

me rappelles ce détail. Je crois bien que oui. Ça fait tellement longtemps... Bon, tu m'excuseras, ma grande, mais c'est plutôt sombre et poussiéreux ici, non? Si on sortait de là?

– Vas-y, toi. Moi, je vais juste ramasser ce que j'ai fait tomber. Laisse-moi la lampe de poche, d'accord?

Ma mère se relève et disparaît de mon champ de vision. Moi, je suis figée. Une chance que je suis dans le noir, car je dois avoir le teint d'une blancheur inhabituelle. Toute cette histoire vient de confirmer mes pires craintes. Sur les clichés que je prends depuis quelques jours, c'est cet homme mort, ce Rémi, que j'ai vu à plusieurs reprises...

ÉPILOGUE

En me rendant dans ma chambre, j'ai les jambes qui tremblent. J'ai compris le cycle meurtrier de celui qui s'amuse à apparaître sur les clichés que je prends, pour faire subir à ceux qui y sont dessus des accidents atroces, des morts horribles. Au début, il y a eu la mère de Léanne, qui, comme le frère de ma propre mère, n'a eu qu'un simple accident, qui n'a pas laissé trop de séquelles.

Puis, ça a été le tour de Maya. La pauvre petite Maya… si délicate… qui repose présentement entre la vie et la mort, dans un coma comparable à celui de l'oncle de ma mère. Comment sera-t-elle à son réveil ? Si j'en juge par l'état de l'oncle Germain, peut-être restera-t-elle marquée à vie ? Tout cela par ma faute ! Et la troisième victime… Mon grand-père. Qui est mort noyé. Il a fermé ce cycle infernal, jusqu'à ce que l'appareil photo démoniaque se retrouve de nouveau entre des mains innocentes : les miennes.

Qui sera la dernière personne à tomber, sous la malédiction

de cette caméra ? Il n'est pas question que je laisse un autre drame se produire ! Je vais jeter cet appareil photo, mais sans le dire à ma mère, pour ne pas qu'elle se questionne inutilement. Je vais le faire disparaître dans un endroit où personne ne va pouvoir l'utiliser.

J'ouvre hâtivement le dernier tiroir de ma commode, là où je l'ai rangé. Mais ma main ne tâte que le vide. Rien. Il n'y est plus. Oh non ! Où est-il passé ? Comment a-t-il pu disparaître ainsi ? Prise de panique, je n'entends pas mon frère entrer sur la pointe des pieds dans ma chambre. Ce n'est qu'en me retournant vers la porte que le flash m'aveugle, l'espace d'un instant.

Mon frère rigole, en regardant mon air ahuri, content de son coup. Il a osé venir fouiller dans ma chambre, alors que je n'y étais pas ! Il m'a pris l'appareil photo, pour mieux me tendre un piège. Je ferme les yeux, un moment, avant de prendre une bonne respiration, pour ne pas crier d'affolement. La danse macabre sera bientôt terminée, un cycle infernal se refermera. Et c'est par ma propre mort qu'il s'achèvera…

MARILOU ADDISON

 Adolescente, Marilou Addison a dû lire tous les romans d'horreur qui lui tombaient sous la main. Aimait-elle les frissons qu'ils lui procuraient, ou est-ce plutôt le côté surnaturel et fantastique de ces récits qui l'attirait tant ? Bien qu'elle n'ait jamais envisagé d'inventer des histoires de peur, c'est avec une joie intense qu'elle s'est plongée dans l'écriture de *La ruelle des damnés*. *Épouvante sur pellicule* est son deuxième roman dans la collection Zone Frousse.

DANS LA MÊME COLLECTION :